GUAPAS, LISTAS Y VALIENTES

Beatrice Masini

La pequeña dragona

Ilustración de
Desideria Guicciardini

Título original: *Belle, astute e coraggiose. La bambina drago*
Escrito por Beatrice Masini
Ilustrado por Desideria Guicciardini

www.anayainfantilyjuvenil.com
e-mail: anayainfantilyjuvenil@anaya.es

© Edizioni EL s.r.l., San Dorligo Della Valle (Trieste), 2010
www.edizioniel.com
© De la cubierta: Desideria Guicciardini
© De la traducción: María Prior Venegas, 2011
© De esta edición: Grupo Anaya, S. A., 2011
Juan Ignacio Luca de Tena, 15. 28027 Madrid
e-mail: anayainfantilyjuvenil@anaya.es

1.ª edición, septiembre 2011
3.ª impresión, febrero 2018

ISBN: 978-84-667-9543-2
Depósito legal: M-22.285/2011

Impreso en España - Printed in Spain

Las normas ortográficas seguidas son las establecidas por la Real Academia
Española en la nueva *Ortografía de la lengua española*, publicada en 2010.

Este libro ha sido negociado a través de Ute Körner Literary Agent,
S. L., Barcelona - www.uklitag.com

PRÓLOGO

En el que conocemos a una niña muy malvada

En el País de los Peces de Jade, muy, muy lejos de aquí, vivía una niña que se llamaba Min. Era probablemente la niña más malvada que había existido jamás sobre la faz de la Tierra. Esto al menos era lo que pensaban sus desafortunados compañeros de clase y juegos, que tenían que padecer su malhumor y sus malos gestos.

La violencia de sus acciones no era física, no: la especialidad de Min era usar las palabras para hacer daño a los demás. Hacía comentarios ofensivos e hirientes. Min solía inventarse motes, para burlarse de los demás. Por ejemplo, si Chao era algo gordito y sorbía por la nariz, para ella se convertía inmediatamente en «un balón

gigante». Si Liu era tímida, entonces se convertía para Min en «una almeja boba»; si Pin no era muy rápido en las carreras, lo llamaba «caracol».

Había quien al oírla salía corriendo y se echaba a llorar, y quien intentaba responderle con el mismo tono. Pero era muy peligroso desafiar a Min con las palabras, porque ella siempre era más rápida, encontraba antes algo hiriente que decir, y en esto era, si se puede decir, brillante.

Los padres de Min escuchaban las quejas de los padres de sus compañeros, pero no le daban mayor importancia al comportamiento de su hija. Los padres de Min solían defenderla, y pensaban que, si acaso, la culpa era de los demás.

Su madre solía decir:

—Con qué niños más quisquillosos juega nuestra Min.

—Sí —añadía el padre—. No tienen sentido del humor.

—Además, ¿sabes qué te digo? —decía la madre—. Que los niños tienen que aprender a resolver sus propios problemas, y no acudir a los adultos por cualquier cosa.

—Tienes toda la razón —decía el padre—. Nosotros siempre dejamos que Min se defienda sola, ¿verdad?

Min prefería defenderse sola. Su lengua afilada como una espada era un arma peligrosa. Pero, en realidad, necesitaba de la atención de un adulto que intentara entender por qué se comportaba así.

Pero donde Min vivía, nadie, en realidad, se preocupaba mucho de lo que ocurría en la cabeza o el corazón de los niños. En el caso de Min, si alguien lo hubiera hecho, esta historia sería otra historia. En cualquier caso, ha llegado el momento de contarla.

Capítulo 1

En el que Min hace de las suyas y recibe una reprimenda

Min no era muy popular entre los niños, pero entre las niñas, sí. Muchas de sus compañeras intentaban imitarla. Querían llegar a ser tan malvadas como ella.

Min prefería elegir como víctimas de sus travesuras a los chicos: como no corría tanto como ellos, ni tenía la fuerza de ellos, prefería usar las palabras, sencillas pero dolorosas, para humillarlos.

Entendemos entonces por qué cuando Min anunció que organizaría una fiesta el día de su noveno cumpleaños, solo para las niñas, todas sus compañeras le aseguraron que irían, y que si tenían otras cosas que hacer las anularían inmediatamente.

La fiesta de cumpleaños de Min se celebró en el jardín de su casa, un bonito y extenso jardín, cercado por una alta muralla, donde crecían armoniosos y coloridos árboles frutales. Como era primavera, habían florecido todos.

Cuando el viento soplaba, los pétalos caían en una delicada lluvia rosa y blanca. Era todo un espectáculo, y al verlo sus compañeras aplaudían maravilladas.

Igualmente maravilladas habían admirado los regalos que Min había recibido de sus padres: dos muñecas gemelas, vestidas con trajecitos de seda de colores diferentes, una cometa con forma de dragón y varias pulseras con cuentas de jade verde.

También de jade, pero de un tono más pálido y con los bordes dorados, era el pequeño colgante con forma de pez que le había regalado su abuela. Colgaba de un delicado cordón de seda azul. Min se lo puso enseguida sobre su vestido naranja.

—Qué cosas tan bonitas —habían murmurado las niñas.

Una incluso se había atrevido a tocar el pequeño pez de jade, pero Min se lo arrancó de las manos, diciendo:

—¡Venga, vamos a comer!

Sí, también era muy celosa de sus cosas.

Había pastelitos de arroz, tortitas de miel y muchos pececitos de la suerte de azúcar. No había tarta, porque en aquel lugar y en aquella época no era costumbre. Entre tantos pasteles, los pétalos y las cosas tan ricas que había para comer, todo resultaba casi normal. Incluso Min, quizá endulzada por el azúcar de los pececitos, estaba siendo excepcionalmente amable, pues desde que había empezado la fiesta no había hecho de las suyas.

Pero luego llegó Liu, que se había retrasado. Le entregó a Min un paquete envuelto en papel de arroz y cerrado con un bonito sello rojo.

—Ten, es para ti —dijo, casi sin aliento.

Min, que cuando quería sabía recurrir muy bien a las buenas maneras, hizo una reverencia de agradecimiento y dijo:

—¿Quieres un pastelito de arroz? ¿Y una taza de té verde? Gracias por el regalo.

Rompió el sello y desenvolvió el regalo.

Pero, mejor hubiera sido dejarlo para después, porque de repente sucedió todo lo que no debió ocurrir, y fue terrible. Min consiguió romper el sello, y sin ningún cuidado abrió el paquete, movió el contenido entre sus dedos y luego soltó estas palabras:

—¡No me gusta!

Todas la rodearon para poder ver de qué se trataba. Min sostenía un pequeño y delicado espejo de madera rosa, decorado con florecitas de colores.

—Pero… si es un espejo —dijo una de las niña.

—Y es precioso —dijo otra de las niñas.

—Y qué más da —contestó Min. No se regalan espejos. Las niñas guapas, como yo, no los necesitamos, y, a las feas, como algunas de vosotras, ¡no les apetece verse cien veces al día! Liu, eres boba, como un molusco. Bueno, la verdad es que no creo que haya moluscos menos inteligentes que tú.

Y soltó una de sus típicas risitas malvadas.

Pero, por primera vez, las demás no
se unieron a ella. Se habían quedado
sorprendidas. El regalo era realmente
bonito y, lo más importante, Liu no
había tenido ninguna mala intención,
como ella creía.

Lo había elegido y envuelto con
mucho cariño. Y además, era una tarde
tan bonita..., hacía sol, había flores y

pasteles... ¿Por qué estropearlo todo con su mal humor?

No, ninguna de ellas soltó ni una pequeña risa de complicidad. Y fue lo mejor que pudieron hacer, porque la mala suerte sobrevino solo en contra de Min, pues solo ella se lo merecía.

En el sello que sujetaba la cinta, con la que Liu había cerrado el paquete, había grabado un dragón. Era el símbolo de su familia. Y un dragón era también el espíritu protector de Liu y los suyos. Cuando tenían problemas, aparecía a su lado y los ayudaba con su ingenio y su gran pasión por ellos.

Al escuchar cómo Min dirigía esas palabras tan feas

a Liu, el dragón se liberó del sello, mostrando su aspecto feroz ante las niñas, que retrocedieron, asustadas.

Era un dragón de altura media, de color rojo fuego, con las puntas de las orejas verdes y los ojos del color del jade resplandeciente.

—Tú —rugió, dirigiéndose a Min—. Tú, que te has atrevido a tratar con tanta crueldad a mi ama, humillándola y rechazando su regalo. Tú, que has roto mi sello, alimentando el mal dentro de ti. Tú, que desprecias la bondad y las buenas acciones y que veneras, en cambio, la maldad... Por todo ello, te convertirás en dragón, serás como yo, y durante un año entero vagarás por el mundo. Nos volveremos a ver en este mismo lugar el día de tu próximo cumpleaños. ¡Entonces comprobaremos si has aprendido lo suficiente como para recuperar tu aspecto!

Un instante después, el dragón rojo ya había desaparecido, y en su lugar apareció otro un poco más pequeño, que tenía los mismos ojitos negros y brillantes de Min. Estaba muy, pero que muy nervioso, escupía llamas de fuego, arañaba la tierra con sus garras, retorciéndose, como si pudiera así liberarse de esa nueva piel.

Eso no era posible.

—Y vosotras, ¿a qué estáis esperando? ¡Sacadme de aquí, arrancadme esta piel y buscad ayuda, vamos!

Pero las niñas, a cada insulto que lanzaba Min, daban un nuevo paso

hacia atrás, hasta que pudieron salir corriendo.

Solo Liu permaneció ante el pequeño dragón, mirándolo a los ojos.

—Lo siento —susurró—, yo no quería...

—¡Por supuesto que querías! ¡Todo esto es culpa tuya, molusco repelente! ¡Llama inmediatamente a ese dragón gruñón tuyo y dile que me libere!

—Pues lo siento también —dijo Liu, con las mejillas coloradas, pero con más decisión al hablar—, pero no puedo llamar al dragón cuando me apetece. Es él quien decide cuándo aparecer y qué es lo que tiene que hacer. Yo no tengo ningún poder sobre él. Es mejor que pienses en todo lo que te ha dicho, si quieres liberarte de esa piel.

Y después de decir esto, se dio la vuelta y se marchó.

Min, la niña dragona, se quedó sola en su fiesta, bajo una lluvia de pétalos mecidos por el viento.

De repente, pisó algo y gimió de dolor: eran los trozos del espejito que le había regalado Liu, que se había roto en

 mil pedazos como consecuencia de su enfado y su comportamiento.

De una de sus patas caían gotas de una sangre muy oscura: un enorme fragmento de cristal se le había clavado entre los dedos. Intentando sacárselo, se vio reflejada en él. Pudo ver entonces en lo que se había convertido: vio un hocico rojo, unos ojos negros y ardientes, y escamas por todo su cuerpo.

Llamó a sus sirvientes:

—¡Venid a ayudarme, estoy herida!

Ellos se apresuraron a ayudarla, pero cuando vieron al dragón huyeron despavoridos. Necesitaban refuerzos.

Cuando volvieron eran el doble, todos armados con enormes bastones afilados con los que atizar al dragón y conseguir sacarlo de allí.

—¡Cuidado!, ¡soy yo, Min! —gritaba la niña dragona.

Pero nadie quiere escuchar a un dragón cuando lo que sale por su boca es solo humo y llamas. Y Min se vio obligada a alzar el vuelo (torpemente, pues en el fondo era la primera vez que volaba). Sentía ira y un gran dolor en su corazón.

Capítulo 2

En el que seguimos a la dragona Min en sus primeras y sorprendentes aventuras

Min voló y voló, intentando, sin demasiado éxito, dominar la rabia y la furia. Daba patadas en el aire, perdía el equilibrio y descendía unos metros, que luego debía recuperar a fuerza de agitar las alas.

Parecía un dragón ridículo, sin la dignidad propia de un dragón de verdad. Pero no le importaba, porque no se veía a sí misma, y menos mal, porque se habría enfadado todavía más.

Una vez que aprendió a mantenerse en el aire, intentó aprovechar la energía de las alas para planear y aterrizar, pero allá donde intentaba descender había siempre alguien que gritaba:

—¡Un dragón! ¡Un dragón volador! ¡Un monstruo rojo está a punto de caer sobre nosotros!

Y siempre aparecía alguien que, al oír esos gritos, se armaba de piedras, proyectiles de plomo, arcos y flechas e intentaba alcanzarla, para hacerla caer, o, por lo menos, para alejarla de allí.

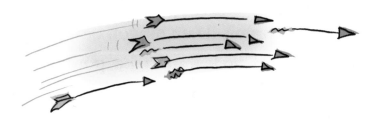

Trató de aterrizar una y otra vez, también porque empezaba a tener hambre y sed, y la pata le dolía cada vez más. Sin embargo, una y otra vez se vio obligada a retomar altura, a pesar del esfuerzo que requería, y a esquivar las flechas como podía.

«Era una niña tan bonita —pensaba llena de amargura—, la niña más bonita de todas, tan bonita que no necesitaba de espejos que me lo mostraran, y ahora soy un monstruo al que todos rechazan».

Y lloraba lágrimas de rabia más que de dolor.

Llegó un momento en que Min se había quedado sin fuerzas, y ya no conseguía mantener el control. Las aldeas y las ciudades quedaban muy lejos, y bajo sus patas, no había nadie, o eso era lo que parecía, y pensó que quizá podría aterrizar sin correr riesgo alguno.

En cualquier caso, no tenía elección: estaba demasiado cansada para seguir volando.

Fue entonces cuando una anciana, que vivía sola en un bosque de bambú y cultivaba y buscaba hierbas medicinales, la encontró. La anciana se divertía siguiendo a aquel pequeño dragón que rodaba sobre sí mismo, en vez de volar. El animal llevaba algo pequeño y brillante colgado del cuello, algo que resplandecía cada vez que un rayo de sol se posaba sobre él.

—Creo que aterrizará por aquí —se dijo la anciana, que se reía para sus

adentros, y siguió contemplando a aquel animal rojo y de escamas, que se retorcía rabioso.

Su previsión resultó ser exacta: al cabo de un rato, el pequeño dragón aterrizó, de forma desastrosa, y siguió rodando entre los matorrales para acabar tirado sobre su espalda, con las patas hacia arriba, como un enorme escarabajo que se ha dado la vuelta y no consigue girarse por sus propios medios.

La anciana se acercó y empujó al dragón, que seguía echando humo por la boca, hasta que se levantó sobre sus cuatro patas.

Pero estaba tan cansado que inmediatamente después de levantarse se desplomó.

—Veamos qué es lo que tenemos aquí —dijo la anciana—. Pero mira por dónde, se trata de una pequeña dragona. Y lleva un pez de jade colgado del cuello. Es un símbolo de buen augurio, de paz y prosperidad. Algo me dice que fue un regalo. Y que esta dragona no merece ni este regalo ni ningún otro.

Min no podía responder, claro, pero lo que habría querido decir, y con todas las energías que le quedaban, era: «vieja gruñona, déjame en paz, no me toques con tus manos arrugadas o te escupo fuego», pero de su boca tan solo salían silbidos, chasquidos y resoplos.

Ya, no es fácil manejar una lengua de dragón, sobre todo la primera vez que uno se da cuenta de que la tiene.

Vamos, que Min no podía siquiera usar su arma preferida, ni explicar a la anciana que era una niña y no una dragona, y que, en definitiva, aquel castigo, absolutamente injusto, debía ser enmendado, porque ella quería volver a ser una niña.

Y cuanto más se daba cuenta de su propia impotencia, más se enfadaba, con el resultado de que el rojo de sus escamas se volvía cada vez más intenso, y sus ojos brillaban, y toda la ira se quedaba encerrada en su interior y corría el riesgo de que el corazón le explotara.

Además, se sentía cansada, se le cerraban los ojos y le dolía terriblemente la pata herida, aunque esto casi se le había olvidado.

Entonces la anciana dijo:

—Oh, pobre criatura, ahora entiendo por qué resoplas tanto. Pero no te preocupes, yo me ocuparé de tu pata.

Y con gestos decididos y rápidos sacó de un bolsillo unas pinzas de madera, agarró la pata herida de la pequeña dragona, la giró, sacó la esquirla de espejo, desinfectó la herida con una pócima de hierbas medicinales y la envolvió con una venda, que ató con un lazo.

Min casi ni se dio cuenta, pero sintió inmediatamente un enorme alivio, gracias a los poderes de la pócima de hierbas. También porque «siempre es agradable cuando alguien se ocupa de ti —pensaba Min—. Te gusta y te hace sentir bien».

Aunque no se puede decir que se le pasó el mal humor, porque era un compañero demasiado fiel para deshacerse de él tan fácilmente, sí se calmó un poco.

—Ven, pequeña. Es tarde y las dos estamos cansadas. En mi casa también hay sitio para ti —dijo la anciana, generosa y amablemente.

Y Min no quiso hacer otra cosa que seguirla, porque oscurecía, tenía miedo de la oscuridad y estaba sola, lejos de todo lo que conocía, y turbada por la transformación, y además seguía un poco dolorida.

«Mañana en cuanto me despierte me voy, vuelvo a casa, encuentro a esa bruja de Liu y le ordeno que me convierta de nuevo en una niña», se dijo a sí misma.

Todavía no había comprendido que no iba a ser tan sencillo, que no todas las cosas que había dicho o hecho se podían olvidar fácilmente, que iba a tener que sufrir las consecuencias de sus propias palabras y de sus propias acciones.

A la mañana siguiente, no fue a ningún lado. Estaba todavía demasiado cansada, a pesar del rico desayuno a base de leche de soja y galletas que le había preparado la anciana. Cuando miró al cielo para adivinar hacia dónde debía ir vio solo cielo, sin indicaciones ni señales. Le invadió el desconsuelo y escondió la cabeza entre las patas.

La anciana dijo:

—No seas perezosa. Aquí se trabaja. Has desayunado y ahora trabajarás para mí. Vamos al bosque a buscar hierbas. Tú me ayudarás.

Y Min obedeció. Solía ser una niña muy rebelde y necesitaba que alguien le dijera lo que tenía que hacer. Y solo así lo hacía. «La anciana tiene razón», pensó Min.

Como también era una niña despierta y resuelta, escuchó las indicaciones de la anciana y aprendió rápidamente a diferenciar entre las hierbas buenas, que alivian los dolores y devuelven las fuerzas, de las malas, que amargan, debilitan y envenenan.

Escuchándola descubrió cuánto bien y cuánto mal se puede decidir hacer, si se tienen los medios para hacerlo.

Observándola aprendió a arrancar, cortar, triturar, mezclar y destilar las hierbas. Solo que con los dedos como garras que ahora tenía no era muy ágil, solo ocasionaba daños.

Pero al cabo de unas semanas, ya era capaz de reconocer en la profundidad del bosque de bambú los matorrales apropiados, y de evitar los peligrosos.

Con solo su aliento carbonizaba estos últimos, de forma que ya nadie por error pudiera comer hojas venenosas. Y con un zarpazo arrancaba las ramas de las hierbas buenas, que luego la anciana recogía, en un gran cesto.

La gente se acercaba a la cabaña en busca de hierbas medicinales para tratar sus dolencias, pero cuando veían a la pequeña dragona roja, se alejaban en sentido contrario.

La anciana decía:

—No hace nada, es buena como un perrito. —Y entonces, de vez en cuando, los niños se atrevían a extender la mano para acariciarla.

Y Min, la misma Min que no mucho tiempo atrás habría dicho: «Ten las manos quietas, mocoso», se dejaba acariciar. No es que de verdad le apeteciera, pero lo hacía por la anciana, que era buena con ella, que le daba comida, le hablaba con amabilidad y le explicaba muchas cosas. No merecía que le respondiera con un comportamiento feroz.

«Los buenos modales —decía la anciana— se pueden aprender; si te acostumbras a ser amable, a decir "gracias", "por favor", "perdón", a ayudar a los demás, a responder con una sonrisa a una sonrisa, o, incluso, a ser el primero en sonreír, poco a poco te va saliendo de forma natural. Los buenos modales son contagiosos:

si estás cerca de alguien que es agradable contigo, necesariamente serás educado con él, no podrás evitarlo, para corresponderle de la misma forma. Quien es amable con los demás se siente mejor en este mundo que quien no lo es».

Todas estas enseñanzas ,Min las aprendió de la anciana, que curaba a las personas sin pedir nada a cambio, y que, además, lo hacía siempre con una bonita sonrisa y unas buenas palabras.

Nos podríamos preguntar ahora dónde había aprendido Min a ser soberbia y orgullosa. ¿Quién le había dado mal ejemplo? Pero la historia no va hacia atrás, sino hacia delante, y aquí hemos llegado al momento en el que Min, poco a poco, comienza a cambiar.

Observémosla, mientras se deja acariciar por un niño y no lo muerde, mientras trabaja incansablemente junto a la anciana de las hierbas, mientras se acurruca como un gato delante del fuego, en la tranquilidad de la noche.

No sabemos qué es lo que pasa por su cabeza de dragona, pero la vemos y la escuchamos, y esta Min nos gusta mucho más que la que conocimos unas páginas atrás.

La anciana sabía que de su cuello colgaba un pececito de jade, y solía dirigirse a él como si estuviera vivo:

—Ay, sí, querido pececito, tu ama la dragona es buena —decía—. Tan mansa y obediente como hacía mucho tiempo que no se veían dragones.

Y a Min le gustaba pensar que su abuela, a quién sabe qué distancia, la escuchaba y se sentía orgullosa de ella.

La anciana decía:

—Compórtate como un pez, pequeña, y aprende. Sé silenciosa, veloz y trabajadora.

Min, a decir verdad, sentía que había muy poco de pez y bastante de dragona en su interior, pues todavía se sentía furiosa, debido a su aspecto y por el miedo de no volver a ser la Min de siempre.

Pero había aprendido a refugiarse en la espesura del bosque de bambú para deshacerse de la rabia arañando las cortezas de los árboles con sus garras, y a veces echando fuego a algún que otro montón de ramas secas. Sola, sin hacer daño a nadie.

La anciana observaba en silencio las cosas que hacía, y asentía.

Las heridas se cierran, después de algún tiempo. Las heridas del corazón tardan más tiempo en curar. En la pata de la pequeña dragona quedó tan solo una pequeña cicatriz, pero su corazón y su orgullo ardían todavía.

Y junto a ellos ardía el deseo de volver a casa y de volver a ser quien había sido. Bueno, algo cambiada, aunque con sus ojos negros y sus mejillas de niña.

Y este deseo era como una llama ardiente en su interior, que la animaba a seguir su camino.

La anciana, que entendía muchas cosas sin necesidad de las palabras, lo sabía.

Así que un día miró a la pequeña dragona y dijo:

—Puedes irte. Tu tiempo aquí ha terminado. Haz de él un tesoro. Ve a encontrar lo que buscas.

Min arañó tres veces el terreno con sus garras, agachó la cabeza y salió volando. La anciana asentía mientras veía cómo se alejaba.

Capítulo 3

En el que Min se revela como una buena aprendiz de campesino

A pesar de las buenas lecciones que había recibido de la anciana, que le recordaba un poco a su abuela, Min se sentía todavía llena de furia.

Y el vuelo y la sensación de libertad alimentaron aquella furia como el aire alimenta al fuego. Y así, cuando se vio sorprendida por un campesino en medio de un campo de cultivo, ocupada en devorar una espiga de trigo tras otra para calmar el hambre, se zarandeó, intentó soltarse, dio patadas y golpes con la cola, pero, al final, el campesino consiguió echarle la red que usaba para capturar a los pájaros y la inmovilizó.

—¿Qué tenemos aquí? —dijo acercándose mientras la pequeña dragona no dejaba de moverse—. Una pequeña dragona roja. Dicen que traen suerte y eso creo que voy a poder descubrirlo muy pronto. Es pequeña pero fuerte: basta ver cómo se retuerce. Tengo una idea para dar un buen uso a toda esa energía

El campesino había perdido hacía poco su buey, un animal valioso para labrar el campo. Como era un hombre ingenioso, fabricó con unas correas de

cuero un aparejo de tiro de las medidas de la pequeña dragona, se lo puso en el pecho y la ató al arado. Tenía solo que arar una pequeña extensión de su tierra.

—Sé buena, dragona, y te trataré igual de bien que trataba a mi buey. En quince años de honesto trabajo no levanté nunca el látigo o el bastón sobre él, le di siempre buena paja y hierba fresca, y todo el agua que quería. Y le contaba mis problemas, y él me miraba con aquellos enormes ojos buenos y me parecía leer en ellos la solución.

Bueno, un dragón no es un buey. Pero Min, que había aprendido que en ciertas circunstancias es mejor no rebelarse, sino adaptarse, después de comprobar si la correa cedía o no, y después de haber intentado soltarse varias veces, comprendió que se le ajustaba bien y que era firme, y decidió que no le quedaba más remedio que hacer de dragona, bueno, de buey.

La verdad es que pretendía volver a ser una niña, y no entendía cómo podía ocurrir eso si se comportaba como un animal, pero de la anciana había aprendido que a veces es mejor aceptar lo que viene, callar y esperar a ver qué sucede.

El trabajo en el campo era duro, pero el campesino era bueno. Cuando estaban cansados, se paraban a descansar bajo la sombra de un árbol. Y él compartía con la dragona su

comida, después de haber descubierto
con sorpresa que la dragona roja no era
carnívora, es más, alejaba el hocico
de los ratones y las ranas que él le
ofrecía.

Es que Min se había acostumbrado
a las frutas y verduras, como la
anciana, que protegía hasta tal punto
la vida que recogía para alimentarse

solo aquello que ya había caído del árbol. Y lo mismo prefería hacer ahora Min.

Así, dragona y campesino comían tofu, pan y verduras.

Luego dormían, y al amanecer empezaban a trabajar de nuevo.

Toda su energía, Min, que seguía sin resignarse a ser una dragona después de haber sido niña, la empleaba trabajando. El campesino descubrió que prefería a su nuevo e insólito animal de tiro que al buey que había amado tanto, pues en sus últimos años había envejecido y engordado, y era muy lento.

Además, la pequeña dragona roja también hacía las veces de perro guardián. Encadenada delante de la casa, tenía una forma tal de saltar sobre sus cuatro patas y de agitar la cola cuando se acercaba un extraño que conseguía alejar al instante a los malintencionados. Con un dragón nunca se sabe. ¿Y si escupe fuego? ¿Y si sus garras están envenenadas y con solo una patada acabara con uno?

—¿Has visto qué collar tan raro tiene tu dragona? Es un pececito de jade, es precioso, y me gustaría tenerlo para mí —dijo una noche la esposa del campesino, mientras cenaban arroz hervido, tofu y brotes de soja—. Al fin y al cabo es una dragona, ¿para qué quiere un colgante? Los pececitos de jade traen suerte, pero a los humanos, no a los animales.

—Déjala. Mi dragona ha demostrado ser de mucha ayuda. No sé qué haría sin ella. El collar es suyo, no se lo quites. Nosotros no sabemos nada de los dragones. Podría tratarse de una persona que se ha convertido en dragona, como cuentan las leyendas, y quizás ese sea el único recuerdo que conserva de su vida anterior.

Tras decir esto, el campesino se levantó y fue a llenar un bol de arroz para la pequeña dragona, que lo había escuchado todo. Desde aquella noche, durmió con un ojo abierto, por temor a que la esposa del campesino quisiera de verdad quitarle su pececito de jade.

Pero era una mujer buena, como su marido. Y la idea de que quizá su dragona roja fuera una persona le había ocasionado una cierta inquietud.

Min se alegró al escuchar al campesino decir que era para él muy preciada.

Se sentía útil, algo que en su vida de niña no le había ocurrido nunca. Ahora se sentía grande, más grande incluso de lo que era.

Pasó el tiempo, pasaron dos estaciones, y la pequeña dragona roja se convirtió en una gran ayuda para el campesino y su mujer, que cada vez confiaban más en ella. Por eso, dejaron de atarla, aunque siguiera haciendo la guardia.

Parecía que en sus ojitos negros brillase casi un resplandor de afecto hacia ellos.

En verdad Min apreciaba al campesino, que la trataba con una amabilidad sincera y natural, igual que a la anciana del bosque de bambú.

Es verdad que deseaba algo más a cambio de su trabajo, por ejemplo, afecto, atención, amistad, estima, caricias. Pero, en el fondo, el trato que recibía de los campesinos era una paga justa: ella les daba su esfuerzo, ellos le daban comida, protección y confianza.

Min pensaba estas cosas durante las largas horas que pasaba en los campos, o durante la noche, mientras hacía la guardia (y alguna vez se quedaba dormida, y daba igual, porque un dragón es un dragón, y da miedo también cuando duerme).

Min y el campesino se apreciaban. Pero Min sentía que su vida estaba en otra parte, en el lugar de donde procedía y donde también la querían, a pesar de haber sido tan caprichosa y mimada. Echaba de menos su hogar, a su madre, a su padre y a su abuela.

Cuando se acordaba de su abuela, acariciaba el pececito de jade, con cuidado de no arañarlo. Y alguna vez lloraba. De nostalgia, de miedo, por las cosas que habían ocurrido y por las que no habían ocurrido. Min había aprendido a llorar. Ella, que siempre hacía llorar a las otras niñas. Ahora sabía llorar.

El campesino sabía que si dejaba a la dragona sin ataduras, corría el riesgo de que se escapara. También que las cosas buenas, como los regalos, a veces vienen y luego se van. Tenía que aceptar que cualquier día la pequeña dragona querría seguir su camino.

Él quedaba agradecido por el regalo recibido: aquella pequeña dragona roja. Lo había ayudado tanto...

Pronto llegaría el momento en que la pequeña dragona se marchara. Y por eso no se asombró cuando una mañana salió de casa y vio sus huellas en el camino.

Se había ido.

Levantó la mirada y tuvo el tiempo justo para verla, un punto rojo que se alejaba por el cielo, ligero y minúsculo. Levantó la mano y se despidió de ella.

Mientras tanto, la noticia de la pequeña dragona roja que ayudaba a los humanos había comenzado a circular, primero entre los pacientes de la anciana de las hierbas, después

entre los amigos y conocidos del
campesino. Y las noticias viajan muy
rápido.

Allí donde Min aparecía, se la
acogía con todos los honores.
Comenzaron a llamarla la Pequeña
Dragona Roja de las Buenas Acciones.
Todos la invocaban y la buscaban,
incluso solo por estar cerca de ella.
Porque los dragones, como los peces

de jade, cuando no hacen daño, traen buena suerte. Y Min era una dragona que no hacía daño.

En cualquier casa o granja había un bol de arroz y tofu para ella, y un lecho para acogerla, y los niños intentaban acariciarla, y ella, en vez de herirlos, los dejaba estar cerca. Los niños jugaban a su alrededor como pequeñas mariposas.

La lengua la llevaba enrollada, ya no la usaba para hacer daño, sino solo para hacer cosquillas a los pequeños y hacerlos reír.

¿Y Min era feliz?

Se puede decir que sí. Se le había suavizado el carácter, pero dentro de ella vivía aún el inmenso deseo de volver a casa...

Quizá podía hacer que las cosas
cambiaran, que todo fuera a mejor,
disculparse ante Liu...

El peso del pequeño pececito de
jade, que rebotaba alegre colgado
de su cuello, le decía que sí, que debía
intentar llevar la paz y la prosperidad

a su hogar, en vez de palabras hirientes y feroces.

Ella había aprendido y había cambiado. Pero aún le quedaba una última prueba.

Capítulo 4

En el que Min afronta la última prueba

Quedaba una cosa por hacer: solucionar el problema del dragón protector de la familia de Liu, que había sido la causa de su transformación. Bueno, la primera causa había sido ella. Digamos que él había puesto de su parte.

Recordando las palabras encendidas que el dragón le había dirigido el día de la fiesta, Min entendió que tenía que encontrarlo y pedirle perdón, si quería volver a ser una niña.

Así, de aldea en aldea, de buena acción en buena acción, dirigió sus alas hacia la casa de Liu, y fue tan veloz que llegó la víspera de su cumpleaños.

Cansada y hambrienta, se acurrucó delante de la puerta, y fue ahí donde la encontró Liu, todavía dormida, cuando al día siguiente, al alba, salió de casa para ir al colegio.

Liu casi se tropieza con la pequeña dragona.

Min se despertó sobresaltada y se incorporó sobre sus cuatro patas, lista para atacar.

Enseguida descubrió quién era y escondió el hocico entre las patas.

—Ah, eres tú —dijo Liu—. Te esperaba. ¿Qué se suele decir cuando no ves a alguien después de tanto tiempo? Cuánto has crecido, qué mayor estás... Bueno, yo esto no puedo decírtelo. Me pareces idéntica al año pasado, si acaso algo más delgada.

Liu no estaba siendo ni agradable ni simpática. Fuera dragona o no, para ella Min era todavía la niña que se había reído de ella, que había herido sus sentimientos, y recordaba bien las humillaciones que había sufrido, no podía olvidarlo fácilmente.

En aquel momento, apareció el dragón protector de la casa de Liu, idéntico a Min, pero tres veces más grande, y lo primero que hizo fue

resoplar, como hacen los gatos cuando
están enfadados, y, mirando fijamente
a Liu, dijo:

—Me avergüenzo de ti, pequeña
Liu. Porque deberías haber entendido
hace tiempo que las palabras afiladas
hacen daño y que no es necesario
utilizarlas. Te aconsejo que cambies

de tono. Igual que en el pasado convertí en dragona a una niña insolente, podría convertirte a ti ahora. Te aseguro que puedo hacerlo.

Liu se puso colorada e inclinó la cabeza.

Era verdad, había hablado sin pensar, dejándose llevar por el orgullo, y sus palabras podían hacer daño. Se arrepentía de haberlas pronunciado.

En cuanto a Min, seguía con la mirada baja: estaba ofendida, herida, y lamentaba que nada sucediera como había esperado.

¿Acaso el dragón no le había asegurado que pasado un año las cosas cambiarían? Había sido así, estaba segura de ello.

Esperaba que bastara con ver salir el sol de su décimo cumpleaños para que sus escamas rojas desaparecieran, y en cambio seguían allí.

Esta vez fue Min, la pequeña dragona, quien prefirió callar. Aquellas palabras solo las había pensado y no las había llegado a pronunciar: qué fácil era volver a lo de antes. Qué difícil le resultaba controlar sus impulsos. Min entendió entonces que merecía la pena esforzarse por hacer lo correcto, y que debía seguir intentando cambiar su carácter.

Si el dragón intuyó aquello que pensaba Min, hizo como que no sabía nada. Notó, también que Min permanecía con los ojos clavados en el suelo, humilde, como si quisiera disculparse.

Sabía todo lo que le había ocurrido aquel año, sus mensajeros alados, dragones como él, dispersos por todo el país, se lo habían contado. Sabía que Min había cambiado. Y tenía todas las intenciones de transformarla de nuevo en una niña. Solo faltaba un último detalle, y se lo sugirió.

—Creo que para que Liu te perdone —dijo—, y que considere que el pasado es pasado, deberías hacerle un regalo. Es verdad que es tu cumpleaños, pero precisamente por eso, un regalo de tu parte sería especialmente generoso.

La Min de antes, ante este comentario, habría pataleado, gritado y protestado, y quizá también se habría tirado al suelo, exigiendo que como era su cumpleaños, todos los regalos tenían que ser para ella. Pero la nueva Min se limitó a mirar al dragón con sus ojitos negros. Luego enganchó con una garra el fino cordón azul del pequeño pez de jade que llevaba en el cuello. Era lo único que poseía, así que era lo único que podía regalar.

Estaba a punto de cortar el cordón, cuando el dragón la detuvo:

—Es suficiente, Min. Estabas a punto de privarte de lo único que posees. Lo único que te ha hecho compañía en este año tan difícil, que además te hace recordar a una persona que te quiere mucho. No es necesario que regales tu

pez de jade. El gesto es suficiente. Y
ahora ¡vete, eres libre, estoy seguro
de que te están esperando en casa!

Min desplegó sus alas, luego dudó,
insegura, y miró al dragón a los ojos,
haciéndole una pregunta con la
mirada.

Entonces dijo el dragón:

—Ah, sí, tu aspecto..., las
escamas..., la cola... Bien, digamos
que esta es la última prueba. Escucha

con atención: tienes que volver a casa
así, como eres ahora, no como eras
antes, sino con el aspecto que tienes
ahora. Y veremos qué es lo que
sucede.

CAPÍTULO 5

En el que Min vuelve a casa pero no vuelve atrás

Min obedeció. Levantó el vuelo sin mirar atrás. Ahora venía la parte más difícil. La verdad es que aquella última prueba era la más dura, pero era el deseo del dragón y Min no podía hacer nada. Le tocaba aparecer ante su familia con el aspecto de una pequeña dragona roja.

En su casa, su madre, su padre y su abuela celebraban en silencio el

cumpleaños de Min, que hacía tiempo
que se había ido.

—Qué niña tan extraordinaria, ay,
mi pequeña Min —decía el padre.

—Un poco insolente, pero simpática
—añadía la abuela.

—¿Insolente? Más bien decidida.
Pero cuánto la echo de menos —decía
la madre.

Preferían no pensar en sus
travesuras, que a menudo
justificaban.

Cuando vieron aterrizar a la
pequeña dragona en el jardín, al
principio sintieron miedo, pero luego
reaccionaron con furia:

—¡Coge un bastón! ¡Golpéalo!
¡Échalo! ¡Pedid ayuda! ¡Que saquen
de aquí a este horrible animal!

Retrocedían, alejándose de la pequeña dragona, para protegerse, a la espera de que llegaran los refuerzos.

Solo la abuela permaneció donde estaba, y murmuró:

—¿Pero por qué hacéis tanto ruido? ¿No veis que se trata tan solo de una pequeña dragona asustada? Oh el pez... ese pez... ¿No lo veis?

Había reconocido el pez de jade que le había regalado a Min por su anterior cumpleaños, que había pasado en familia.

El fino cordón de seda azul parecía algo más claro y deshilachado, pero el pequeño pez con su forma perfecta era inconfundible.

—Mirad… —dijo señalándolo con una mano temblorosa.

Los padres de Min dejaron de cubrirse la cara con las manos y de pedir ayuda, prestaron atención a la abuela y entendieron.

Se quedaron mudos: su única hija volvía a casa después de una larga ausencia transformada en una dragona.

La abuela, que sabía siempre encontrar las palabras y los gestos adecuados, se acercó a la pequeña dragona roja y le acarició la cabeza, susurrando:

—Pobre pequeña, cuántas cosas te habrán ocurrido. Pero ahora estás en casa, entre nosotros. Y no importa el aspecto que tengas. Para mí serás siempre la pequeña Min. Me gustaría decir dulce, me gustaría decir buena y amable, pero no puedo. Por eso digo

solo tu nombre. Nuestra Min...
Te hemos esperado durante tanto
tiempo... Ahora te acogemos como eres.

Al oír a su abuela, Min se echó a
llorar. Brillantes y pequeñas lágrimas
cayeron de sus ojitos negros. Cubrieron
sus escamas de destellos rojos.

Con el hocico, Min acarició las
manos de la abuela, se acercó a ella
todavía más y sintió que se derretía por
dentro. Poco a poco, como erosionado
por las lágrimas que había derramado,
el manto de escamas comenzó a hacerse
invisible. Entonces fue apareciendo la
niña que había sido.

Min se arrojó a los brazos de la
abuela, y lloraron y rieron juntas durante
largo tiempo. Luego les llegó el turno a
sus padres, claro. Pues su primera

reacción fue la de huir y protegerse del
dragón. La abuela, en cambio, sí había
sabido ver a su pequeña bajo sus
escamas. También gracias al pez de jade,
que la había acompañado durante aquel
largo año de aventuras.

Ese pez había velado por ella como lo hubiera hecho su propia abuela. Quizá en él se escondía su espíritu.

Epílogo

Y así Min volvió a su vida de niña. Ahora más alegre y amable con los demás. Aunque había días en los que parecía brotar de nuevo el mal humor de antes.

Ahora se comportaba como una niña de su edad, ya no era cruel con los demás niños. Había aprendido a controlar sus palabras, a regalar sonrisas, a ser generosa.

Ella y Liu no se hicieron las mejores amigas, pero aprendieron a divertirse juntas y compartían algunos momentos alegres en el colegio: por ejemplo, a veces jugaban a los dragones.

Índice

Otros títulos de la colección

GUAPAS, LISTAS Y VALIENTES

1. Ágata y los espejos mentirosos

La malvada bruja del bosque ha usado su magia y todos los espejos del castillo están encantados. La reina Olga ya no puede admirar su belleza y se desespera. Por eso la princesa Ágata tiene que partir hacia tierras desconocidas, para encontrar el modo de acabar con el poder de la bruja. En su viaje correrá un sinfín de aventuras.

2. La niña de los pies grandes

Menta tiene ocho años y los pies largos, larguísimos. Sus pies son como patines o pequeños esquís. Poco aptos para la danza, por ejemplo, pero útiles para muchas otras cosas, como descubrirá en esta divertida y emocionante aventura.

3. El regalo de la hija del rey

Uma es la pequeña de siete hermanos y la única niña. Su padre, el rey Molefi, ha de decidir quién le sucederá en el trono: «Quien me haga el mejor regalo», anuncia. La pequeña Uma, armada solo con su audacia e imaginación, emprende un largo viaje en busca del regalo más preciado.